EL DINERO BITCOIN

El Cuento de Bitvilla Descubriendo el Buen Dinero

escrito por Michael Caras

ilustrado por Marina Yakubivska

Autor: Michael Caras
www.thebitcoinrabbi.com
thebitcoinrabbi@gmail.com

Editor: Leah Caras
Diseño y Diagramación: Leah Caras
www.carasmaticdesign.com
leah@carasmaticdesign.com

Ilustrador: Marina Yakubivska
behance.net/oftennice
marinayakubivska@gmail.com

Traducido por:
Uriel Hernández Díaz @CoyotlCompany
Alex Allegro @oneAllegro
Cripto Conserje @criptoconserje

ISBN 978-0-578-51921-0

Advertencia (Descargo de Responsabilidad):
Este libro es sólo una alegoría ficticia con propósito educativo y de entretenimiento. Todos los personajes y acontecimientos son totalmente ficticios. Nada de este libro debe considerarse como asesoría financiera o como una recomendación para invertir en o comprar algún activo.

Para mis hijos,
para quienes espero estar haciendo
un mundo mejor y más brillante.

NOTA DEL AUTOR

Muchos han escuchado hablar de la primera moneda digital decentralizada del mundo, Bitcoin, pero pocos entienden cómo funciona y para qué fue creada.

En esta corta historia exploramos el origen del dinero, la invención de Bitcoin, y el rol que cumple como un dinero fuerte y confiable.

Creo que el valor clave de Bitcoin es su rol económico, y por eso nos enfocamos en ese aspecto, en lugar de dar una explicación detallada de la tecnología detrás.

Aunque parezca un simple cuento de niños, espero que este libro pueda servir como una introducción a Bitcoin para personas de todas las edades.

I. TRUEQUE

El pueblo de Bitvilla estaba lleno de niños, y cada uno tenia una habilidad única. Cada niño sabía que podía hacer algo especial que los otros niños querían.

"Mi limonada es la bebida favorita de todos", dijo Alicia. "Tal vez debería abrir un puesto de limonada".

"Mi padre siempre me pide que corte el césped porque dice que hago las líneas rectas", agregó Beto. "Apuesto a que a otras personas también les gustaría que les cortaran el césped".

Carlos levantó la vista de su cuaderno de dibujos. "¡Mis amigos me piden que les haga dibujos porque tengo buena mano para el dibujo!"

Al principio, todos estaban felices de intercambiar directamente sus bienes o servicios por lo que la otra persona tenía para ofrecer.

Beto cortaba el césped de Alicia a cambio de limonada.

Cuando Alicia quería un nuevo dibujo, intercambiaba limonada por los dibujos de Carlos.

Pero un día las cosas no funcionaron tan bien.

"Beto, ¿hoy podrías cortar mi césped a cambio de un dibujo?", preguntó Carlos.

"Hoy no quiero ningún dibujo. Preferiero tomar una limonada", dijo Beto."

Pero el puesto de limonada de Alicia estaba cerrado porque ella estaba en la playa.

Problemas como este siguieron sucediendo. Algunas veces, Alicia quería que le cortaran el césped, que costaba cinco tazas de limonada, pero solo le quedaban tres tazas.

Otras veces, Beto quería un dibujo de Carlos, pero el césped de Carlos todavía no debía ser cortado.

Para que el trueque funcione, todo debe estar bien alineado: el tiempo, el lugar y las cantidades. Además, ambas personas tienen que querer lo que la otra persona está ofreciendo.

Alicia, Beto y Carlos se dieron cuenta de que necesitaban una mejor manera para efectuar intercambios entre ellos.

2. DINERO

Nico, otro niño de Bitvilla, se había dado cuenta de los problemas que tenían Alicia, Beto y Carlos con el intercambio.

"'¡Deberíamos usar dinero!", exclamó.

"He escuchado hablar del dinero, pero ¿cómo funciona?", preguntó Alicia.

"Imagina que quieres que alguien corte tu césped" le dice Nico. "Podrías pagarle a Beto con dinero aunque él no quiera tomar limonada ese día. Así, él podría ahorrar ese dinero para gastarlo otro día o para comprar otra cosa."

"Si usaramos dinero, ¡podría vender dibujos todos los dias y ahorrar lo suficiente para comprar un nuevo juego de arte!" dijo Carlos con regocijo. "Pero ¿qué deberíamos usar como dinero?"

"¿Podríamos usar esto como dinero?", dice Beto, recogiendo una bolsa de cesped recién cortado.

"Eso no va a funcionar", dijo Nico. "Hay demasiado, el césped crece en todas partes. Necesitamos algo que sea escaso."

El césped como dinero, eso no va a pasar.

"¿Y si usamos vasos de limonada? ¿Podrían funcionar como dinero?", preguntó Alicia.

"La limonada no sabe muy bien después de guardarla algunos días. Además, es difícil de llevar sin botarla. Necesitamos algo que podamos llevar en el bolsillo."

La limonada como dinero, no sería una muy buena idea.

Los niños pensaron sobre qué otra cosa podrían usar como dinero.

Las piedras brillantes son escasas, y por eso son difíciles de encontrar. Pero todas son distintas: algunas son más bonitas y más valiosas que otras, así que sería difícil recordar el valor cada una.

Las bicicletas son algo que la gente quiere, pero son caras, ¡y no sería fácil desarmarlas para dar vueltos!

Los árboles dan sombra y son divertidos para escalar y columpiarse, pero no los puedes llevar en el bolsillo para ir a comprar algo.

De pronto a Nico se le ocurrió una idea. "¡Pidámosle a Goldi usar su colección de monedas de metal como dinero!"

El papá de Goldi coleccionaba monedas de metal, y todas las semanas le regalaba unas pocas monedas a Goldi para su colección personal. Cada moneda pesaba lo mismo.

"Si usáramos monedas de metal como dinero, podríamos saber cuántas monedas hay desde el principio. Y como Goldi sólo recibe unas pocas monedas cada semana, la oferta seguiría siendo limitada", dijo Nico.

A Carlos le empezó a gustar la idea. "Las monedas de metal caben muy bien en el bolsillo o en una cartera, y no se echan a perder. Podría usar una moneda para comprar limonada y cinco para que me corten el césped."

Goldi estaba feliz de que todos quisieran usar sus monedas de metal como dinero.

Ella intercambió algunas de sus monedas por limonada, dibujos y cortes de césped, hasta que llegó el momento en que todos tenían sus propias monedas de metal.

Todo iba realmente bien en Bitvilla.

3. PAPEL

Algunos de los niños de Bitvilla vieron todo el dinero de metal que Alicia, Beto y Carlos habían recolectado con sus negocios, ¡y pensaron que era genial!

Se inspiraron para usar sus propias habilidades especiales para empezar negocios y ganar así sus propias monedas de metal.

Muy pronto comenzaron a aparecer más negocios en Bitvilla. Antonio daba clases, Jim arreglaba ordenadores, Lena hacía jugetes fantásticos, Sami vendía sombreros y Daniel abrió su propio puesto de carne asada.

Llegó un punto en el que practicamente todos tenían su propia colección de dinero de metal.

Algunos niños tenían más dinero y otros tenían menos, pero eso estaba bien, porque todos se ayudaban en momentos de necesidad.

Gracias a este dinero, mejoró la vida de todos.

Pero había un gran problema con todo este nuevo dinero de metal... ¡era muy pesado!

Algunos niños tenían los bolsillos tan pesados que los arrastraban por el piso. ¡Y si tenías un roto en el bolsillo, podía causar muchos problemas!

Benni, que era el niño más confiable del pueblo, creó una solución.

"Tengo una caja fuerte en mi casa donde guardamos cosas muy importantes".

"Yo puedo guardar todo el dinero de ustedes en mi caja fuerte y le doy a cada niño unos certificados para comprobar cuanto dinero de metal tiene cada uno."

"Así pueden andar con el dinero de papel, que no es tan pesado."

El dinero de papel le parecía una idea extraña a algunos de los niños, pero como Benni era tan confiable, todos se pusieron de acuerdo para empezar a usarlo.

De hecho, cuando todos empezaron a usarlo, les encantó. Era mucho más facil llevar los papeles, y todos sabían que su dinero de metal (el dinero real) seguía bien seguro en la caja fuerte de Benni.

También sabían que un certificado de papel siempre valdría lo mismo que una moneda de metal.

Una vez más, la vida en Bitvilla estaba mejorando.

4. IMPRIMIR

Pasó el tiempo y todos en Bitvilla siguieron usando el dinero de papel. Tanto que casi olvidaron que habían monedas de metal en la caja fuerte de Benni.

Las monedas eran el dinero que habían escogido originalmente por sus buenas cualidades. El dinero de papel era solo un reemplazo.

Cuándo llegó el verano, Benni anunció que se iba a un campamento, pero que nadie se preocupara pues su hermano Freddi se haría cargo de la caja fuerte mientras él no estaba.

La mayoría de los niños no notaron ningún cambio.

Freddi comenzó a hacerse cargo de las monedas de metal igualmente como lo había hecho su hermano Benni. El sólo entregaría la misma cantidad de dinero de papel equivalente a las monedas de metal que tuviera en la caja fuerte

Pero Kenni, el amigo de Freddi, tenia otras ideas.

Kenni se dió cuenta que todos querían el dinero de papel. Entonces pensó, "si la gente quiere el dinero de papel, y lo usan para comprar cosas y empezar negocios, entonces ¿no sería mejor si hubiera aún más dinero de papel?"

Kenni no entendía que el dinero de papel era solo un reemplazo del dinero metálico, que a su vez era un reemplazo del trabajo que había hecho la gente en un principio.

Se puede imprimir más dinero de papel, pero no se puede imprimir el trabajo duro. Eso toma tiempo, esfuerzo y energía.

Freddi y Kenni pensaban que estaban haciéndole un favor a todos, y también ayudó que ellos se guardaran la primera tanda de dinero de papel recién impreso para ellos.

Al principio todo parecía funcionar muy bien.

Los niños estaban felices de tener todo ese dinero impreso extra. Especialmente los amigos de Freddi y Kenni, pues ellos recibían el dinero nuevo antes que todos los demás.

Alicia creyó que su negocio estaba siendo muy exitoso. Todos los días se quedaba sin limonada, y aún habían mas clientes con todo ese dinero de papel extra.

Siendo una empresária inteligente, decidió aumentar el precio de un vaso de limonada de uno a dos billetes de papel. ¡Ahora estaba ganando el doble de dinero!

¡Alicia estaba muy entusiasmada imaginando todas las cosas que podría comprar con tanto dinero! Pero cuando fue a comprarle un dibujo a Carlos, ¡se dio cuenta que sus precios también se habían duplicado!

Alicia tenía más dinero de papel, pero no podía comprar más cosas que antes.

Al final del verano, cuando Benni volvió a casa, lo convencieron fácilmente de seguir con el plan de imprimir más dinero.

Cuando otros niños regresaron del campamento, también se dieron cuenta que con su dinero de papel compraban menos cosas que antes.

"Tal vez deberíamos volver a usar dinero de metal", le dijo Carlos a Benni.

A Benni, Freddi y Kenni les gustaba su oferta sin fin de dinero de papel.

"Ya ni siquiera tengo la clave de la caja fuerte" dijo Benni. "¡Confía en nosotros, esta es la mejor idea!"

Este nuevo dinero de papel impreso también cambió la forma en que los niños ahorraban y gastaban el dinero.

En vez de ahorrar para comprar algo bueno, los niños ahora sabían que había que gastar lo antes posible, o sino podría valer menos al día siguiente.

Un vaso de limonada que costaba sólo un billete de papel, ¡llegó a costar 100 billetes! A veces incluso podías encontrar billetes tirados en las calles porque valían muy poco.

Las cosas ya no iban tan bien en Bitvilla.

5. BITCOIN

Un día un nuevo niño llegó a Bitvilla. Se hacía llamar Satoshi, pero nadie sabía mucho de él.

Satoshi notó que los niños en Bitvilla no estaban felices con el dinero que se seguía imprimiendo más y más cada día.

Satoshi pensó, "¿y si pudiéramos hacer un nuevo tipo de dinero, que su oferta sea limitada, como el dinero de metal, pero que no sea algo pesado? Entonces todos podrían andar trayéndolo sin tener que confiar en alguién para que lo tenga guardado en una caja fuerte."

Se sentó y se puso a pensar nuevas ideas. También les pidió su opinión a algunos de los otros niños. Nico sabía mucho sobre como funcionaba el dinero, y había otro niño, que era muy bueno con las matemáticas.

Pasados meses de planificación, Satoshi les contó su idea a todos. Se llamaba **Bitcoin**.

Era bastante complicada, pero intentó explicarla de manera sencilla.

"Vamos a poner una gran pancarta en la mitad del pueblo que muestre cuánto dinero tiene cada uno. Todos los días nos juntamos aquí y actualizamos la pancarta con todos los cambios que han ocurrido, quién le dió cuánto dinero a quién."

"Cada uno va a tener su propia copia de la pancarta. Así ninguno puede venir a cambiar lo que dice sin que nadie se dé cuenta. De este modo todos podemos tener nuestro dinero solo llevando el registro de la pancarta y estamos seguros que nadie está añadiendo dinero falso".

Al principio, la mayoría de los niños no se interesaron en este nuevo dinero llamado Bitcoin.

"¡Eso no va a funcionar nunca!", dijo una niña.

"Si no viene de Freddi y Kenni, ¡no es dinero de verdad!", dijo uno de los buenos amigos de Freddi y Kenni.

Pero Satoshi y sus amigos siguieron mejorando su invento. En vez de usar una pancarta escrita, Satoshi descubrió como hacer que Bitcoin funcione a través de una app.

Algunos niños se preguntaban, ¿por qué vamos a confiar en ese niño Satoshi para que se haga cargo del dinero? ¡Si apenas lo conocemos!

Satoshi les explicó que nadie tenía que confiar en él, para nada. Como todos usaban la misma app, ¡ellos mismos podían revisar el código sin tener que confiar en nadie más!

Cada uno podía usar su propia app para llevar la cuenta de Bitcoin y asegurarse que nadie estaba haciendo trampa.

Cuándo se dieron cuenta de que nadie estaba a cargo de este dinero nuevo, ni siquiera Satoshi, algunos de los niños de Bitvilla se entusiasmaron mucho y comenzaron a usar Bitcoin.

Bitcoin empezó a hacerse conocido. Algunos niños querían gastarlo, algunos querían ahorrarlo, algunos querían usarlo para enviarles dinero a amigos que vivían muy lejos.

Los niños que no usaban Bitcoin se empezaron a dar cuenta que su dinero de papel seguía perdiendo valor, porque se seguía imprimiendo cada vez más. Pero Bitcoin seguía aumentando su valor, debido a que la app estaba diseñada para que todos pudieran verificar que su cantidad era limitada.

Era aún más limitado que las monedas de metal de Goldi, pues ella recibía unas pocas monedas nuevas cada semana.

A los niños les gustaba mucho que Bitcoin era una app, que era fácil de llevar a todas partes. Los bitcoins también eran muy duraderos, uno podía hacer una copia para mantenerlos seguros.

Se podían gastar en distintas cantidades sin necesidad de recibir o dar vueltos: tres bitcoins por un bistec, seis bitcoins por un sombrero, o medio bitcoin por un vaso de limonada. Y cada bitcoin siempre valía lo mismo que cualquier otro bitcoin.

Bitcoin funcionaba sin problemas, cuando para sorpresa de todos, Satoshi anunció que se iba de Bitvilla. "Mi familia se está mudando a otra ciudad a hacer otras cosas", dijo antes de desaparecer misteriosamente.

Desde ese entonces nadie lo ha visto ni ha oído de él.

Algunos niños se preguntan si acaso "Satoshi" sería su verdadero nombre.

Lo bueno era que Bitcoin seguía funcionando bastante bien sin Satoshi. Como todos tenían su propia app, ya no lo necesitaban para que Bitcoin funcionara.

Parecía que Bitvilla finalmente había encontrado un buen dinero: Dinero en Bitcoin.

6. COPIAS

Para todos los que estaban usando Bitcoin, ¡las cosas iban muy bien!

Pero no todos eran felices.

A Freddi y Kenni no les gustaba que los niños empezaran a usar un dinero distinto. Su dinero de papel recién impreso perdió rápidamente su valor.

Primero Freddi y Kenni trataron de decir que Bitcoin no iba a funcionar, pero claramente eso no fue lo que pasó.

Luego pensaron en otra idea. ¿Y si hacían su propia copia de Bitcoin que ellos puedan manejar?

"Bitcoin no es dinero de verdad, solo nosotros podemos hacer el dinero. Pero la tecnología es interesante, ¡asi que podemos hacer nuestro propio dinero que se llame Fred-Coin!", anunció Freddi con gran entusiasmo.

Pero los niños de Bitvilla no les creyeron. Se acordaban de la última vez que confiaron en Freddi y Kenni para cuidar de su dinero. Mientras que toda la gracia de Bitcoin es que no tienes que confiar en nadie.

Otros niños también intentaron hacer sus propias copias de Bitcoin. Aparecieron ABC-coin y XYZ-coin. Habia un Gran-Bitcoin y un Mini-Bitcoin.

Muchas de estas monedas tenían el mismo problema que el dinero de papel, para poder usarlas tenías que confiar en la persona que las hacía.

"No necesitas tener tu propia app, ¡puedes confiar en mí! No voy a cometer los mismos errores que hicieron Freddi y Kenni", se escuchaba decir a menudo.

Pero ahora, a la mayoría de los niños les gustaba poder verificar su propio dinero con su propia app.

Les gustaba el Bitcoin original y verdadero.

Y además, si cada cual creara su propio dinero, ¿no sería eso tan malo como cuando se imprimía mucho dinero de papel? ¡Sería aún peor!

Esas copias de Bitcoin no eran un buen dinero.

Algunos niños reclamaban que Bitcoin era muy lento, pero Lizzi y Lolli, dos niñas muy inteligentes, ¡descubrieron una manera de hacer que Bitcoin funcione tan rápido como un rayo!

Cuando la mayoría de los niños de Bitvilla usaban Bitcoin, la vida mejoró para todos. Podían ahorrar dinero o crear negocios fácilmente porque Bitcoin era justo y confiable.

Usando Bitcoin como dinero, el futuro de Bitvilla se veía brillante y próspero.

EPÍLOGO

Los niños de Bitvilla querían mejorar sus vidas trabajando y ofreciendo bienes y servicios entre ellos.

Beto sabía que cortando el césped podía afectar positivamente la vida de todos los niños que querían tener su césped corto. Y ellos lo afectarían positivamente entregándole a cambio algo que el quisiera. Alicia podía conseguir los bienes y servicios que quisiera vendiéndoles limonada a otros niños.

Pronto se dieron cuenta que el intercambio directo y el trueque sólo funciona si todo calza perfecto: el momento, el lugar, las cantidades y los deseos de cada uno. La mayoría de las veces se necesita una herramienta para facilitar el intercambio. Esa herramienta es el dinero. Con el dinero puedes ahorrar, intercambiar, y llevar la cuenta de los valores fácilmente.

Pero no todo se puede usar como dinero.

Tu tiempo y tu energía son muy importantes por que son algo limitado. Entonces cuando intercambias tu tiempo y tu energía por dinero, tienes que asegurarte que el dinero que obtienes a cambio sea también algo limitado y valioso.

Los niños de Bitvilla buscaron el mejor tipo de dinero. Tenía que ser duradero, portátil, uniforme, divisible y de emisión limitada.

Ellos probaron muchas cosas, pero al final, descubrieron que Bitcoin era el mejor dinero.

SOBRE EL AUTOR

El rabino Michael Caras estudió Ley judía y ética en Yeshiva Ohr Tmimim en Kfar Chabad, Israel. Actualmente vive en Albany, estado de New York, Estados Unidos, donde enseña sobre judaísmo, medios digitales y tecnología en un colegio judío.

Desde 2017 ha estado interesado en Bitcoin, conectando tecnología, espiritualidad, economía y ética.

thebitcoinrabbi@gmail.com
thebitcoinrabbi.com
twitter.com/thebitcoinrabbi

RECONOCIMIENTOS

Este libro fue grandemente inspirado por las obras de otros, particularmente:

How an Economy Grows and Why it Crashes, Peter D. Schiff
Bitcoin: A Peer-to-Peer Electronic Cash System, Satoshi Nakamoto
The Bitcoin Standard: The Decentralized Alternative to Central Banking, Saifedean Ammous
Shelling Out: The Origins of Money, Nick Szabo

Gracias a la familia y amigos que revisaron los distintos borradores de este libro y aportaron su opinión:
Jonathan Caras, Harvey & Joanne Caras, Mendel Shepherd, Pierre Rochard, Michael Goldstein, Max Hillebrand

CPSIA information can be obtained
at www.ICGtesting.com
Printed in the USA
LVHW080007200423
744792LV00002B/141